¡SCOOBY-DOO!
Y LA
MALDICIÓN DE LA MOMIA

¡SCOOBY-DOO! y la MALDICIÓN DE LA MOMIA

Escrito por
James Gelsey

A
LITTLE APPLE
PAPERBACK

SCHOLASTIC INC.

New York Toronto London Auckland Sydney
Mexico City New Delhi Hong Kong Buenos Aires

ISBN 0-439-40985-3

12 11 10 9 8 7   5 6 7 8/0

Special thanks to Arkadia for interior illustrations.

Printed in the U.S.A. 23

First Scholastic Spanish printing, January 2003

A shira

—¡**V**iva Hollywood! —gritó Shaggy, sentado en la parte trasera de la Máquina del Misterio—. Este... ¡no puedo creer que estemos aquí!

Scooby y él tenían la nariz pegada a las ventanillas de la furgoneta. Buscaban estrellas de cine.

Fred manejaba por Sunset Boulevard esquivando a los turistas que estaban demasiado distraídos tomando fotos de los famosos sin mirar por dónde iban.

—Sunset Boulevard es la calle más famosa de Hollywood —leyó Velma en su guía.

—Ya lo creo —dijo Fred mientras manejaba—. Hay muchísimo tráfico.

Daphne leyó el nombre del estudio de cine escrito en una carta:

—Estamos buscando el Estudio Bluster —dijo.

—Daphne, este... qué simpático tu tío que nos ha dado pases para ver el rodaje de una película —dijo Shaggy.

—Sí, Shaggy, es muy simpático —dijo Daphne—. Es amigo del director, Bib Humphries.

—¿Qué tipo de película es? —preguntó Velma.

—Es una película de una princesa egipcia —respondió Daphne—. Se titula *Las arenas de El Cairo.*

—Allí es —dijo Fred—. Próxima parada: Estudio Bluster.

—Eh, Scooby-Doo —dijo Shaggy—, a lo mejor alguien nos descubre y nos convertimos en estrellas de cine.

—¿*Restrellas de rine*? —preguntó Scooby sonriendo.

—Sí —dijo Shaggy—.Y

pondrán las huellas de tus patas en el cemento frente al Teatro Chino de Mann.

—Como a ustedes les encanta comer —añadió Velma—, sería más apropiado el Restaurante Chino de Mann.

—Bueno, chicos, ya hemos llegado —dijo Fred.

Fred condujo la Máquina del Misterio hacia un enorme portón de hierro donde había un letrero que decía "ESTUDIO BLUSTER" con grandes letras rojas. Un guardia de seguridad salió de su cabina y se acercó a la furgoneta. Fred bajó la ventanilla y dijo:

—Buenas tardes.

El guardia lo miró por encima de sus lentes oscuros.

—¿En qué los puedo ayudar, jovencitos? —preguntó con voz seria.

—Venimos a visitar el plató de *Las arenas de El Cairo* —dijo Daphne y le entregó la carta a Velma, que se la dio a Fred, que se la dio al guardia. El guardia leyó la carta con atención y cambió de actitud repentinamente.

—Bienvenidos al Estudio Bluster —dijo

sonriendo—. Sigan recto por esta carretera y viren a la derecha cuando vean la primera señal

que diga "Alto". Dejen el auto en cualquiera de los espacios marcados con amarillo.

El guardia se despidió y el portón de hierro se empezó a abrir lentamente. Una vez adentro, Fred condujo la Máquina del Misterio entre dos enormes edificios blancos, más grandes que canchas de fútbol. Viró en la señal de "Alto" y se detuvo frente a otro enorme edificio blanco. La pandilla salió del auto.

—Eh, Scooby —dijo Shaggy— mira allí.

Señaló a cuatro actores que iban por el camino. Dos de ellos tenían trajes de baño y llevaban tablas de surf. Los otros dos llevaban chaquetas de color caqui y sombreros de sol.

—Este... mar y tierra —dijo Shaggy.

—*Rí, rar y rierra* — asintió Scooby.

Dos actores disfrazados de camellos pasaron delante de ellos y entraron en el edificio.

—Este debe ser el sitio —dijo Velma.

—Bueno, Hollywood —dijo Shaggy—, prepárate para conocer a tus nuevas estrellas.

Shaggy y Scooby-Doo se pusieron lentes de sol y entraron.

—¿Por qué se ponen lentes para entrar en el edificio? —preguntó Fred.

—Este... ¿no sabías, Fred? —dijo Shaggy. —Todo el mundo sabe que las estrellas de cine siempre llevan lentes para que no les moleste el flash de las cámaras de sus admiradores.

—Eh, no se olviden de que aquí somos invitados —dijo Daphne a Shaggy y Scooby.

—No te preocupes, Daphne —dijo Shaggy—. No perderé de vista ni un minuto a Scooby-Doo. ¿Cierto, Scooby?

Shaggy miró a su alrededor, pero no había señales de Scooby-Doo.

—¿Scooby?

Scooby sacó la cabeza por detrás de un poste y se rió.

—Muy divertido, Scooby —dijo Shaggy—. Además, Daphne —añadió—, ¿qué podría salir mal?

Capítulo 2

Al entrar al estudio les dio la sensación de que habían viajado al pasado. ¡Parecía que estaban en el Antiguo Egipto! Justo frente a ellos había una esfinge gigantesca y un sarcófago siniestro. Había dos palmeras de tamaño natural, camellos, tiendas de campaña y estatuas de dioses egipcios por todas partes. Incluso hacía tanto calor como en el desierto.

Los actores ensayaban vestidos con túnicas y vestiduras con cordones dorados. Scooby-Doo se bajó un poco los lentes para ver mejor. A la izquierda del plató vio una pared con varias puertas y cada una de ellas tenía encima

7

una estrella dorada. A la derecha había una gran puerta doble junto a una mesa larga.

En el plató vieron a un hombre sentado en un trono dorado. Tres actores disfrazados de sirvientes lo abanicaban y le daban uvas.

—Bueno, eso es lo que yo llamo la buena vida —suspiró Shaggy.

—No, si eres sirviente —dijo Velma.

Una pareja de actores pasó por su lado comiendo rosquillas. Los ojos de Scooby se iluminaron.

—¿Rrosquillas? —preguntó.

Shaggy se volvió: —Este... ¿dónde se pueden conseguir rosquillas en el Antiguo Egipto?

Uno de los actores señaló la mesa larga que estaba a la derecha del plató.

—Busquemos al señor Humphries —dijo Daphne.

Fred, Daphne y Velma se dirigieron hacia el plató, mientras Shaggy y Scooby fueron a buscar rosquillas.

En la mesa larga, Shaggy y Scooby-Doo encontraron rosquillas y mucho más. Había bandejas repletas de sándwiches, rosquillas, galletas, frutas, verduras y baldes enormes con botellas de agua, jugos y gaseosas.

—Mira esto, Scooby-Doo —dijo Shaggy—. Seguramente sabían que veníamos.

Tomó un sándwich de pavo con una mano y con la otra, un sándwich de carne asada. Scooby-Doo también agarró otro.

—¿Sabes qué, Scooby-Doo? —dijo Shaggy—, no hay nada mejor que el mundo del espectáculo.

—Excepto este estudio —dijo una voz detrás de ellos.

Shaggy y Scooby se dieron la vuelta y vieron a un hombre con una camisa blanca y pantalones de color caqui.

—Aquí el mundo del espectáculo es puro negocio —continuó—. El Estudio Bluster no aprecia la calidad.

—Bueno, pero sí sabe lo que es una buena carne asada —dijo Shaggy.

—Me refiero a películas como esta —dijo el

hombre—, *Las arenas de El Cairo*. El jefe del estudio contrató a una actriz caprichosa que pide constantemente que reescriban el guión. El jefe de este estudio no respeta lo que está bien escrito.

—Este... ¿y por qué te importa tanto? —preguntó Shaggy, mientras tomaba otro sándwich.

—Porque yo escribí esta película. Soy Azzi Fazeh —dijo el hombre y extendió la mano.

Shaggy estrechó la mano de Azzi y se la manchó con ketchup: —Yo soy Shaggy y este es Scooby-Doo.

—Un placer conocerlos a los dos —dijo Azzi. Scooby le lamió el ketchup de la mano.

—¡Fazeh! —gritó alguien. Un hombre voluminoso con un traje de tres piezas se acercaba contoneándose y masticando la punta de un puro.

—¿Por qué pierdes el tiempo en lugar de estar escribiendo? ¿Ya te estás quejando otra vez de mí? Déjame decirte una cosa: Cuando tengas tu propio estudio podrás hacer las películas como quieras. Aquí, en el Estudio

Bluster, hacemos las cosas a la manera de Rolly Bluster, es decir, a mi manera. Así que no quiero oír más quejas sobre esta película. *Las arenas de El Cairo* es una obra maestra. Sólo necesita dos cosas: más publicidad para que todo el mundo la conozca.

—¿Y qué más? —le interrumpió Azzi.

—¡Y reescribir el guión! ¿Dónde está? —exigió Rolly Bluster.

Azzi le dio tres nuevas hojas del guión.

—Así me gusta —dijo Rolly, hojeando las páginas.

—Siempre pides cambios, pero nunca los incorporas —se quejó Azzi.

—Eso a ti no te importa —respondió Rolly—. Ahora quiero que escribas de nuevo la escena del camello. Sustituye a los tres hombres por una anciana y cambia la escena de una tienda de campaña a un oasis. ¡Quiero las nuevas escenas dentro de una hora!

Azzi Fazeh se puso rojo de rabia.

—¿Por qué me contrataste si no querías hacer la película que yo escribí? —gritó—. ¡Ojalá pudiera llevarme este guión a otro estudio!

Azzi se marchó furioso.

El hombre voluminoso del traje de tres piezas se volvió hacia Shaggy y Scooby: —A ustedes, muchachos, no les pago para que coman. ¿Por qué no están en el rodaje?

—Pe- pero nosotros no... —empezó Shaggy.

—No me discutan —gritó—. ¡Si yo les digo

que salten, ustedes simplemente preguntan hasta dónde!

—¿Rolly Bluster? ¿El del Estudio Bluster? —preguntó Shaggy.

—El mismo que firma su cheque de pago. Ahora, ¡vuelvan al trabajo!

Rolly Bluster se dio la vuelta y se fue con su contoneo.

—Es el disfraz de perro más real que jamás he visto —murmuró.

Capítulo 3

Fred, Daphne y Velma se acercaron al borde del plató. Estaban parados cerca de la fila de camerinos. Ángela Belvedere, la famosa actriz, se preparaba para la siguiente escena. Llevaba una túnica roja de reina y un enorme medallón con una esmeralda colgado al cuello.

Una mujer de mediana edad, rubia y bajita estaba parada junto a Velma y se mordía las uñas con nerviosismo.

—Mírala —dijo, sin dirigirse a nadie en especial—, Ángela tiene un aspecto ridículo con ese traje. Se supone que es la princesa Flora. Pero ¿acaso se parece a la princesa Flora?

Fred, Daphne y Velma se miraron. No estaban seguros si debían responder a la mujer.

—Deben pensar que estoy loca —continuó la mujer—, pero no lo estoy. Soy agente de actores, agente de Ángela. Me llamo Cecilia Roberts.

—Hola —dijo Daphne—. Yo soy Daphne, esta es Velma y este es Fred.

—No te reconozco —dijo Cecilia—. ¿Quién es tu agente?

—¿Yo? —Daphne abrió los ojos sorprendida—. No tengo ningún agente. No soy actriz. Estamos aquí para ver a un amigo de mi tío, Bib Humphries. ¿Lo conoces?

—¿Bibby? Es un encanto. Allí está.

Cecilia señaló a un hombre que miraba por una de las cámaras de cine.

—Desde luego parece un director —dijo Velma.

Bib llevaba pantalones vaqueros, camiseta y gorra roja de béisbol y hablaba con el camarógrafo.

—Es un buen director de cine, no me interpreten mal —continuó Cecilia—, pero en esta película Ángela está desperdiciando su talento. No creo que hacer una mala película sea mejor que no hacer ninguna. Haría cualquier cosa por sacarla de esta película.

De repente, Ángela gritó.
Todos se dieron la vuelta y vieron que una

de las enormes estatuas egipcias se tambaleaba. Estaba justo al lado de Ángela. Ella, muy asustada, no podía moverse. La estatua siguió tambaleándose hasta que se cayó ¡PLOM! y se hizo trizas. La actriz se salvó por un pelo. Ángela salió del plató corriendo y gritando, pasó justo al lado de Cecilia, Fred, Daphne y Velma y se metió en su camerino. Dio un portazo tan fuerte que la estrella dorada cayó al suelo.

—No te preocupes, Ángela —gritó Cecilia—. ¡Encontraré a ese inútil de Rolly Bluster y le diré lo que pienso de él! No permitiré que te caigan estatuas encima. No está en tu contrato. ¡Los periódicos sabrán qué pasa aquí y acabaremos con esta película!

Cecilia se marchó a toda prisa en busca de Rolly Bluster.

Shaggy y Scooby llegaron corriendo de la mesa donde estaba el almuerzo.

—Este... ¿qué es todo este lío? —preguntó Shaggy—. Oímos un golpe muy fuerte y casi nos tragamos los sándwiches enteros.

—Una de las estatuas cayó sobre el plató —explicó Daphne.

—¡Qué raro! —dijo Velma—. Las estatuas no se caen de por sí.

—Tienes razón, Velma —dijo Fred—. Aquí pasa algo raro.

Capítulo 4

Bib Humphries, el director, fue al centro del plató y gritó:

—Muy bien, volvemos en cinco.

Todos se marcharon rápidamente. Sólo algunos ayudantes se quedaron para recoger los trozos de la estatua.

Bib miró a su alrededor y vio a la pandilla. Daphne se acercó.

—Señor Humphries, soy Daphne Blake —dijo.

—¿Quién? ¡Ah! Daphne, claro —dijo Bib con una sonrisa—. Eligieron un mal día para ver el rodaje, pero tal como van las cosas últimamente, ningún día sería bueno.

19

—Este... ¿qué quiere decir "volvemos en cinco"? —interrumpió Shaggy.

—Es lenguaje del cine. Quiere decir que la gente se toma un descanso. La mayoría aprovecha para comer algo.

—*Eh, Raggy* —dijo Scooby.

—Dime, amigo.

—*¡Rolvamos* en *rinco!* —dijo Scooby con una sonrisa de oreja a oreja.

—Mejor volvamos en diez, amigo.

Shaggy y Scooby se dieron la vuelta para dirigirse a la mesa donde estaba la comida.

—Es mejor que nos pongamos los lentes —sugirió Shaggy—, por si alguien quiere sacarnos una foto.

—Disculpe —dijo Velma.

—Por favor —le interrumpió Bib—, puedes tutearme, todos me llaman Bib.

—Bueno, Bib, ¿a qué te referías cuando dijiste que las cosas no iban bien últimamente? —preguntó Velma.

—Bueno —Bib suspiró—, han pasado cosas extrañas.

—¿Por ejemplo? —preguntó Fred.

—La semana pasada cayeron muchos cocos de una de las palmeras —explicó Bib— y por poco golpearon a uno de los actores. Unos días después, una de las tiendas de campaña se desplomó sobre uno de los hombres encargados del material. Cosas así.

—¿Estás seguro de que nadie está gastando bromas? —preguntó Daphne.

Bib meneó la cabeza:

—Han pasado demasiadas cosas para que sean bromas.

—Quizás haya otra razón —dijo una voz a sus espaldas. Era Azzi Fahez. Sostenía un libro en la mano izquierda.

—Antes de escribir *Las arenas de El Cairo* investigué un poco —explicó—. Buscaba datos sobre el Antiguo Egipto cuando encontré esto.

Abrió el libro y les mostró una página. Era el dibujo de un lindo medallón.

—¡Chispas! —dijo Velma—, se parece al medallón que llevaba Ángela Belvedere.

—Así es —confirmó Azzi Fazeh—. Según una leyenda, perteneció a un gran príncipe egipcio que echó una maldición. Si alguien sacaba la joya de su tumba, la momia la encontraría y castigaría a quien la tuviera. No se detendrá ante nada para recuperar la joya.

—¡Guau! —exclamó Daphne—. ¿Crees que una momia hizo todas esas cosas?

—Al principio no lo creía, pero ahora no estoy tan seguro —respondió Azzi.

—Tú no crees realmente en la maldición de una momia, ¿verdad? —preguntó Velma.

—En este momento —dijo Bib—, no sé qué creer, excepto que hay personas en peligro por culpa de esta película.

Otro gritó resonó en el plató. Esta vez provenía del camerino de Ángela Belvedere.

Capítulo 5

Ángela Belvedere salió corriendo de su camerino y se echó a los brazos de Bib.

—¡Una momia! ¡Acabo de ver una momia! —gritó—. ¿Dónde está Cecilia?

—Tranquilízate, Ángela —dijo Bib, tratando de calmarla.

—¿Qué pasa? —preguntó Shaggy, que vino corriendo de la mesa del almuerzo con Scooby-Doo—. Este... ¿cómo esperan que alguien vuelva en cinco con todos estos gritos?

—Ángela, ¿qué ocurre? —preguntó Cecilia desde la puerta principal.

—Vio a la momia —dijo Azzi.

—¿A la qué? —preguntó Cecilia.

—A la momia —repitió Daphne.

—¿A la momia? —dijeron Shaggy y Scooby al mismo tiempo.

—La momia entró en mi camerino —explicó Ángela—. Yo estaba descansando. De repente abrí los ojos y ¡allí estaba! Entonces extendió sus brazos vendados y me arrancó el medallón.

—¿Qué pasó después? —preguntó Fred.

—Grité, me levanté de un salto y salí corriendo tan rápido como pude —dijo. Luego miró a Cecilia: —Cecilia, sácame de esta película.

—Claro, Ángela —respondió Cecilia—. Bib, dile a Rolly Bluster que mañana hablaré con él.

Cecilia y Ángela salieron por la puerta principal y se fueron.

Daphne le preguntó a Bib:

—¡Oh!, ¿qué harás ahora, Bib?

—No lo sé —respondió tristemente—. Con la maldición de la momia y sin la actriz principal no creo que podamos terminar esta película.

—¡Por supuesto que la terminarás! —gritó alguien. Era Rolly Bluster, que se acercaba al plató con su contoneo habitual—. Las habladurías sobre momias y maldiciones no acabarán con una película del Estudio Bluster. De todas formas, es una buena publicidad. ¿Entiendes?

—Pero, señor Bluster —dijo Azzi—, perdimos a Ángela.

—Yo me encargaré de Ángela —respondió

Rolly Bluster—. Tú preocúpate de escribir un texto decente. Ahora, ¡todo el mundo a trabajar! —añadió y se fue rápidamente a su oficina.

Nadie dijo nada hasta que la puerta se cerró detrás de Rolly Bluster. Entonces Fred se acercó.

—Supongamos que se puede averiguar la verdad sobre la momia —dijo Fred—. ¿Les ayudaría eso?

—Supongo que sí —dijo Bib—. Todo el mundo se tranquilizaría e incluso Ángela volvería.

Fred, Daphne y Velma intercambiaron rápidamente una mirada.

—Descubrir misterios es nuestro oficio —dijo Fred—. Tú ocúpate de la película, Bib. Nosotros nos encargaremos de la momia.

—Y Scooby y yo nos ocuparemos del almuerzo —dijo Shaggy.

Scooby sonrió y asintió con la cabeza.

—¡*Ralmuerzo!* —ladró.

—No, hasta que resolvamos este misterio —dijo Daphne.

—¡*Ooooh!* —gimió Scooby.

—Separémonos y busquemos pistas —dijo Fred—. Daphne y yo revisaremos el plató.

—Yo buscaré en el camerino de Ángela —dijo Velma.

—Muy bien —dijo Fred—. Shaggy y Scooby, ustedes busquen en el otro lado del plató. Mantengan los ojos bien abiertos por si aparece algo sospechoso.

—Por ejemplo, una momia —añadió Daphne.

—¿Una novia? ¿O un novio? —preguntó Shaggy—. ¿Entiendes, Scoob? ¿Momia, novia?

Scooby y Shaggy se echaron a reír mientras se dirigían hacia el otro extremo del plató.

$\int$haggy y Scooby-Doo cruzaron el plató y se detuvieron junto a las puertas dobles que había al otro lado.

—Nunca nos descubrirá un director famoso si nos ponemos a buscar pistas detrás del escenario —dijo Shaggy.

Justo entonces un hombre con una bandeja enorme llena de comida pasó a su lado y entró por las puertas dobles. Los ojos de Shaggy y Scooby se iluminaron.

—Pensándolo bien —dijo Shaggy—, no

está mal un poco de trabajo detectivesco de vez en cuando.

—¡*Rierto*! —dijo Scooby mientras se pasaba su larga lengua rosada por la boca y el hocico—. ¡*Ramos*!

Shaggy y Scooby siguieron al hombre que llevaba la bandeja con comida. Entraron por las puertas dobles, siguieron por un pasillo y doblaron a la derecha. Jamás habían visto una sala más llena de comida. Había mesas y mesas repletas de uvas, piñas, melones, pan, nueces, tortas, bocadillos y... ¡pizzas!

—Bueno, Scooby-Doo, busquemos pistas —dijo Shaggy. Los dos entraron en la sala y comenzaron a examinar las bandejas.

Shaggy tomó un pedazo de pizza: —Esta pizza de pepperoni parece sospechosa.

Scooby tomó un trozo de pastel:

—*Resto rambién* —afirmó.

—Debemos asegurarnos de que todo está en orden.

Shaggy sonrió y dio un gran mordisco a la pizza. Scooby se tragó el trozo de pastel.

—¡Aay! —gritó Shaggy. Miró la pizza. Sus

dientes no habían dejado ni una marca—. Esta pizza ¡es de plástico!

Los ojos de Scooby se abrieron como platos mientras sentía que el pedazo de pastel se deslizaba lentamente por su garganta. Aterrizó en su estómago con un ¡PLOP!

—*Roh, roh* —gimió Scooby, mientras se frotaba la barriga.

—Deben ser para una película —dijo Shaggy mirando toda esa deliciosa comida de plástico.

—Comida, comida por todas partes y ni una miga para comer. Bueno... —suspiró— si no podemos comer, no estaría mal seguir buscando pistas.

Shaggy y Scooby salieron de esa sala y encontraron otra llena de disfraces y artefactos. A un lado, Shaggy vio un trono igual que el que había en el plató. Shaggy se dejó caer en el trono.

—¡Escuchen todos, volvemos en cinco!

—gritó Shaggy y cerró los ojos para dormir una pequeña siesta.

Scooby-Doo miró hacia el otro lado de la sala y vio un baúl enorme. Se acercó y atisbó.

—*Ramos* a mirar un *roco* —dijo, mientras se metía de un salto y empezaba a curiosear. La tapa se cerró con un ¡POM!

—Roh, roh —dijo.

Shaggy se despertó sobresaltado con el ruido de la tapa.

—¡Oh! ¿Qué pasa? —miró a su izquierda y vio más artefactos. Miró a la derecha y vio montañas de disfraces y un baúl enorme—. ¡Eh, Scooby-Doo! ¿Dónde estás?

Shaggy oyó un ruido detrás del trono. Se dio la vuelta para mirar, pero en lugar de Scooby-Doo vio a ¡la momia!

—¡Vaya! ¡Qué buen disfraz! Este... ¿de dónde lo sacaste?

La momia dejó escapar un gemido suave.

—Muy divertido, Scooby-Doo.

Shaggy no le dio importancia a la momia y cerró los ojos para seguir durmiendo.

Scooby se movió dentro del baúl. Entonces, ¡BUM! la tapa se abrió de golpe. Scooby salió del baúl vestido con sombrero de copa alta, levita y zapatos negros elegantes. Sacó un bastón del baúl y empezó a bailar *tap*.

—*Ré* para *ros* y *ros* para el *ré* —cantó la melodía de "Té para dos". Entonces Scooby dio una vuelta completa y ¡se encontró cara a cara con la momia!

—¡Rispas! —gritó Scooby. La momia extendió la mano para agarrarlo, pero Scooby se metió de un salto en el baúl y cerró la tapa. Shaggy se despertó sobresaltado y vio a la

momia junto al baúl. Entonces se levantó y
caminó hacia a la momia.

—Es un disfraz de momia bastante bueno, Scooby-Doo —dijo mientras le daba a la momia unos golpecitos en la espalda—. ¿Qué otros disfraces hay ahí dentro?

La momia se quedó quieta mientras Shaggy abría el baúl y buscaba otro disfraz. Entonces Scooby-Doo se levantó: —Mira, Scoob, es un disfraz de Scooby-Doo. Y parece tan real.

Shaggy agarró la cabeza de Scooby.

—¡*Ray!* —ladró Scooby-Doo.

—¡Pero si eres tú, Scooby-Doo! —exclamó Shaggy—. Pero si tú estás en el baúl, ¿quién está detrás de mí con ese disfraz de momia?

—¡La momia! —gritó Scooby.

—¡La momia! —gritó Shaggy—. ¡Cielos!

La momia levantó los brazos y emitió un fuerte gemido.

Scooby salió del baúl de un salto. Shaggy saltó a los brazos de Scooby. Los dos salieron corriendo de la sala y la momia salió detrás de ellos.

—¡La momia, la momia! —gritaban—. ¡La momia nos atrapa!

Capítulo 7

Shaggy y Scooby corrieron al plató donde Fred y Daphne todavía buscaban pistas.

—¡Abran paso! —gritó Shaggy.

—¿Qué ocurre? —preguntó Daphne.

—¡La momia! —dijo Scooby.

—¡Nos persigue! —añadió Shaggy.

—¿Están seguros de que se trata de la momia? —preguntó Fred.

—Como no sea un tipo vendado porque se cortó al afeitarse... —dijo Shaggy.

—Así que sí hay una momia —dijo Fred.

—A lo mejor hay algo de verdad en la maldición —dijo Daphne.

Velma salió del camión que servía de camerino a Ángela: —Chicos, miren lo que encontré —les dijo.

El grupo se acercó al camión. Velma le dio a Fred unas hojas de papel.

—Mira —dijo—, las encontré en el piso.

—Parecen páginas del guión de una película —dijo Fred. Él y Daphne leyeron rápidamente.

—Parece que es una película que tiene lugar en el desierto —dijo Daphne—. Probablemente es una de las escenas de Ángela.

—Entonces, ¿por qué no aparece el nombre del personaje? —preguntó Velma.

—Este... quizás no es su escena —dijo Shaggy.

—O quizás no es su guión —dijo Fred.

Velma se dirigió a la parte trasera del camerino.

—¿Qué les parece esto? —preguntó señalando una ventana con el vidrio roto.

Shaggy y Scooby miraron por el hueco de la ventana.

—Este... esta ventana está en "volvemos en cinco" para siempre.

Fred se asomó por el hueco de la ventana y vio trozos de vidrio al otro lado. También se fijó que había un rastro de envoltorios de vendas que empezaba justo por debajo de la ventana.

—Sí, yo diría que hay una momia —confirmó Fred.

—Pero, si tiene el medallón, ¿por qué no se va? —preguntó Daphne.

—Presiento que quien está detrás de todo este misterio está más interesado en el negocio del cine que en el de las momias —dijo Velma.

Fred asintió: —Creo que Velma tiene razón. Es hora de que escribamos un pequeño guión titulado *Cómo atrapar a una momia.*

Capítulo 8

—Escuchen, este es el plan —dijo Fred—. La momia no quiere que esta película se haga. Así que conseguiremos que salga si simulamos que nosotros la estamos rodando. Daphne, ¿quieres ser la actriz?

—¿Qué me pongo? —preguntó Daphne.

—Ponte un vestido del camerino de Ángela —respondió Fred—. Velma se ocupará de la cámara y yo haré de director.

—¿Y Scooby-Doo y yo? —preguntó Shaggy.

—Ustedes dos se esconderán en el plató —explicó Fred—. Cuando aparezca la momia, la atrapan.

—Parece peligroso —dijo Shaggy—. Lo haremos con una condición.

—¿Cuál? —preguntó Velma.

—Cuando hagan la película sobre todo esto, nosotros haremos el papel de nosotros mismos —respondió Shaggy.

—Trato hecho —dijo Fred.

Scooby se sentó: —*Ry...* —dijo.

—¿Y qué? —preguntó Daphne.

—*Rya* sabes —dijo Scooby. Se cruzó de patas y esperó.

—Está bien, Scooby —dijo Velma—. ¿Lo

harías por un papel en la película y una Scooby galleta?

Scooby lo pensó un momento: —¡*Rokay!*

Velma sacó una galleta de su bolsillo y se la lanzó a Scooby. Este saltó en el aire y se la tragó.

—Ahora pongámonos en marcha antes de que vuelvan todos del descanso —dijo Fred—. No tenemos mucho tiempo.

Daphne corrió al camerino de Ángela y volvió disfrazada de princesa egipcia. Se sentó en el trono que había en el plató. Velma y Fred se acercaron a las cámaras.

—¡Chispas! —dijo Velma—. Esto parece más grande cuando se ve de cerca.

Examinó la cámara y encontró finalmente el botón para ponerla en marcha.

Fred recogió un guión que había en el piso, dio un paso atrás y miró al plató.

—Todos a sus puestos —dijo.

Shaggy y Scooby agarraron adornos dorados para la cabeza y se los pusieron. El de Shaggy era azul y dorado. El de Scooby parecía una corona. Corrieron al plató y se colocaron como estatuas detrás de Daphne y el trono real.

Scooby levantó lentamente su pata derecha sobre la cabeza.

—¿Qué tipo de estatua eres, Scooby-Doo? —susurró Shaggy.

—¡La *restatua* de la *ribertad*! —replicó Scooby. Los dos se echaron a reír.

—¡Silencio en el plató! —gritó Fred—. Luces, cámara... ¡Acción!

—¡Oh!, ¡Qué calor hace aquí en Egipto! —dijo Daphne y comenzó a abanicarse—. Aquí estoy yo, Flora del Nilo, esperando a mi

príncipe. Espero que venga pronto y me lleve lejos de estas calientes arenas de El Cairo.

La momia salió del sarcófago. Se dirigió a Daphne con las manos extendidas. Con cada paso que daba, dejaba escapar un gruñido furioso. Cuando ya estaba cerca, Daphne se levantó y empezó a retroceder lentamente. Justo cuando la momia iba a agarrarla, Fred gritó:

—¡Ahora, chicos!

Shaggy y Scooby entraron en acción. Agarraron una de las gigantescas tiendas de campaña y la lanzaron sobre la momia. ¡Pero fallaron! En lugar de caer sobre la momia, la tienda de campaña cayó al piso.

La momia se dio la vuelta y se dirigió hacia ellos.

—Okay, Scooby-Doo. Es hora del plan B —dijo Shaggy. Cuando la momia empezó a acercarse, Shaggy se colocó detrás de ella y se puso a cuatro patas en el suelo.

—¡Scooby-Dooby-Doo! —gritó Scooby. La momia se quedó petrificada. Scooby embistió a la momia con la cabeza y la empujó sobre Shaggy.

—¡Bien hecho, Scooby! —gritó Shaggy. Se levantó y salió corriendo del escenario—. ¡La atrapamos!

Scooby quiso salir corriendo pero no pudo moverse. Su corona estaba enredada en las vendas de la momia. La momia trató de agarrar a Scooby.

—¡Raggy! ¡Rauxilio! —gritó Scooby.

—¡Vamos, Scooby-Doo, tú puedes hacerlo! —le respondió Shaggy—. ¡Aquí te espero con una pizza de pepperoni!

—¿Repperoni? —preguntó Scooby. De repente sintió una gran energía y jaló con fuerza. Su corona todavía estaba enganchada en las vendas de la momia, pero eso no lo detuvo.

—¡Eh, miren! —gritó Velma desde detrás de la cámara.

—Este... ¡es como un trompo gigante! —exclamó Shaggy.

Y era cierto. En el plató, delante de todos, la momia daba vueltas como un trompo gigante. Bib, todos los actores y el equipo de rodaje se acercaron a mirar. Con cada vuelta se desenrollaban las vendas de la momia. Scooby-Doo

siguió corriendo y la momia siguió dando vueltas cada vez más rápido hasta que solamente quedó una enorme montaña de vendas y... ¡un Rolly Bluster completamente mareado!

Capítulo 9

—¡Rolly Bluster! —exclamó Bib—. ¿Tú eres la momia? Pero, ¿por qué?

Velma se adelantó: —Creo que esto es parte de la respuesta.

Le dio a Bib las hojas que había encontrado en el camerino de Ángela.

Bib revisó las hojas: —Estas hojas son de otro guión. No lo entiendo.

—Parece que el sènor Bluster planeaba hacer otra película de momias —explicó Fred.

Azzi tomó las hojas que tenía Bib.

—¡Estas son las nuevas escenas que le di esta mañana! —exclamó.

Fred continuó: —El señor Bluster se inventó lo de la momia para darle publicidad a la película. Pensaba que podría ganar incluso más dinero con una segunda película de momias.

—El guión de la segunda película lo estaban haciendo con las escenas que Azzi Fazeh estaba reescribiendo para *Las arenas de El Cairo* —añadió Velma.

—Pero, ¿y Ángela Belvedere? ¿Asustarla a ella no es malo para esta película? —preguntó Bib.

—A decir verdad —dijo Rolly—, no me gusta mucho cómo actúa. Si conseguía que ella se marchara, tendría más publicidad y podría buscar otra actriz mejor.

—¿Cuándo sospecharon que se trataba de Rolly? —preguntó Bib.

—Primero pensamos que podía ser Cecilia Roberts —dijo Velma—. Cuando llegamos nos dijo que quería que Ángela se marchara de la película.

—Pero estaba con nosotros cuando se cayó la estatua —continuó Daphne—. Además, nunca habría querido hacerle daño a Ángela. Así que no podía ser ella.

—Pero —añadió Fred—, lo que realmente nos dio la pista fue lo que encontró Velma en el camerino de Ángela.

—¿Qué encontraste? —preguntó Bib.

—Primero, las hojas del guión —dijo Velma— y luego vi vidrios rotos fuera del camerino.

—Eso significaba que la momia tenía que estar adentro, esperando a Ángela —dijo

Daphne—. El culpable conocía caminos secretos para moverse por el estudio.

—El rastro de montones de curitas nos dio la pista de que la momia probablemente se cortó al romper el vidrio de la ventana para escapar del camerino de Ángela por la parte de atrás —dijo Velma.

—Las momias de verdad no usan curitas —añadió Fred.

—Y me habría salido con la mía si estos chicos y su perro curioso no se hubieran entrometido —dijo Rolly.

Bib se volvió hacia su ayudante: —Llama a

la policía y no pierdas de vista al señor Bluster en la sala de decorados.

Bib se dirigió a los actores y al equipo de rodaje: —El rodaje de *Las arenas de El Cairo* continuará como estaba previsto.

Todos gritaron de alegría.

Bib miró a la pandilla: —Muchas gracias por resolver el misterio. Salvaron la película. Llamaré a Cecilia Roberts para convencerla de que Ángela vuelva. Espero que se queden a ver el rodaje. Siéntanse como en su casa.

—Este... me parece que Scooby-Doo ya se siente como en su casa —dijo Shaggy. Todos miraron a Scooby-Doo que llevaba un disfraz de egipcio y estaba sentado en un trono. Tres actores, vestidos de sirvientes lo abanicaban y le daban uvas.

—Parece que a Scooby sí lo han descubierto —dijo Daphne.

Todos se rieron mientras los actores y el equipo rodeaban al nuevo príncipe egipcio.

—¡Scooby-Dooby-Dooo! —gritó Scooby.

Acerca del autor

Cuando era niño, James Gelsey corría de la escuela a casa para ver los dibujos animados de Scooby-Doo en la televisión (después de hacer sus tareas). Hoy día todavía disfruta viéndolos con su esposa y su hija. También tiene un perro de verdad llamado Scooby al que le encantan las Scooby galletas.